GUSTAVE FLAUBERT

SAF BİR YÜREK

Can Klasik

Saf Bir Yürek, Gustave Flaubert
Fransızca aslınan çeviren: Samih Rifat
Un coeur simple
Bu kitap ilk kez 1877 yılında Georges Charpentier tarafından yayımlanmıştır.
Çeviriye kaynak alınan basım: Folio, 1991.

1. basım: 2005
7. basım: Eylül 2021, İstanbul
Bu kitabın 7. baskısı 2 000 adet yapılmıştır.

Dizi editörü: Ayça Sezen
Düzelti: Burçak Başpınar
Mizanpaj: Bahar Kuru Yerek

Sanat yönetmeni: Utku Lomlu / Lom Creative (www.lom.com.tr)
Proje asistanı: Seda Yüksel
Kapak illüstrasyonu: Selin Tahtakılıç

Baskı ve cilt: Özkaracan Matbaacılık ve Ciltçilik San. ve Tic. Ltd. Şti.
Evren Mah. Gülbahar Cad. No: 62 Bağcılar / İstanbul
Sertifika No: 45469

ISBN 978-975-07-4006-0

CAN SANAT YAYINLARI
YAPIM VE DAĞITIM TİCARET VE SANAYİ A.Ş.
Maslak Mah. Eski Büyükdere Cad. İz Plaza, No: 9/25 Sarıyer/İstanbul
Telefon: (0212) 252 56 75 / 252 59 88 / 252 59 89 Faks: (0212) 252 72 33
canyayinlari.com
yayinevi@canyayinlari.com
Sertifika No: 43514

GUSTAVE FLAUBERT

SAF BİR YÜREK

ÖYKÜ

Fransızca aslından çeviren

Samih Rifat

can

Gustave Flaubert'in Can Yayınları'ndaki diğer kitapları:

Madame Bovary, 1983
Bilirbilmezler, 1990
Üç Öykü, 2007

GUSTAVE FLAUBERT, 1821'de Fransa'da doğdu. Daha gençlik çağında basmakalıp düşüncelere karşı büyük bir tiksinti duydu. 22 yaşındayken bir sinir rahatsızlığına yakalanan Flaubert, hukuk öğrenimini yarım bırakmak zorunda kaldı; artık bütün zamanını edebiyata ayırabilecekti. *Duygusal Eğitim* adlı romanını 1843-1845 yıllarında yayımlayan Flaubert'in beş yılını verdiği *Madame Bovary*, 1856'da *Revue de Paris*'te tefrika edildiğinde ahlakdışılık suçlamasıyla yargılandı. Son yılları parasal sıkıntılar yüzünden üzüntü içinde geçen yazar kendini çalışmalarına verdi, George Sand, İvan Turgenyev, Émile Zola, Alphonse Daudet gibi dönemin genç romancılarıyla, özellikle Guy de Maupassant'la kurduğu dostluklarla kendini avuttu. Birçoklarınca başyapıtı olarak kabul edilen *Üç Öykü*, 1977'de okurla buluştu. Flaubert, 1880'de Croisset'de öldü. *Bilirbilmezler* adlı ünlü yergisi ölümünden sonra yayımlandı.

SAMİH RİFAT, 1945 yılında doğdu. Mimar, fotoğrafçı, çevirmen. Saint-Benoit Lisesi ve İTÜ Mimarlık Fakültesi'ni bitirdi. 1978'den günümüze, çeşitli gazete ve dergilerde, mimarlık, fotoğraf ve genel olarak sanat konularında yazılar yazdı; şiir ve düzyazı çeviri kitaplar yayımladı; René Char, André Verdet, Kavafis, Seferis, Platon, Le Corbusier, Claude Simon, Michel Butor gibi ozan ve yazarları dilimize çevirdi; Antikçağ ve Bizans ozanlarından şiir seçkileri yayımladı. 2007 yılında İstanbul'da öldü.

Önsöz

"Öyküm ilerliyor! Herhalde iki ay içinde bitirmiş olurum; *Saf Bir Yürek* sıradan bir yaşamın, bağlandığına coşkudan uzak bir biçimde bağlanan, taze ekmek gibi yumuşak, dindar ve yoksul bir köylü kadının öyküsüdür. Birbiri ardından bir adamı, hanımının çocuklarını, bir yeğeni, baktığı bir yaşlıyı, sonra papağanını sever; papağan ölünce, onu doldurtur, ölürken de papağanı Kutsal Ruh'la karıştırır. Düşündüğünüz gibi alaycı bir öykü değil, tam tersine, çok ciddi ve çok acıklı. Duyarlı ruhları acımaya yöneltmek, ağlatmak istiyorum, çünkü ben de onlardanım."

Gustave Flaubert, 19 Haziran 1876'da Bayan Roger des Genettes'e yazdığı mektupta, *Saf Bir Yürek*'i böyle özetler. Öngördüğü gibi kısa bir sürede, 1876 Ağustos'unda da bitirir. Ertesi yıl, bambaşka bir anlayışla yazılmış iki uzun öykünün: *Konuksever Aziz Julien Söylencesi*'yle *Hérodias*'ın arasında, *Üç Öykü* başlığı altında yayımlandığı zaman üç öykü de önemli bir yazın olayı olarak karşılanır. Ama *Saf Bir Yürek*'e daha bir sevecenlikle bakılır sanki. O günden bu güne, hazırlanış biçimine, biçemsel özelliklerine, içerdiği oluntular, kişiler ve ortamla Flaubert'in kendi yaşamının ayrıntıları arasındaki ilişkilere varıncaya kadar her şeyi nice uzun ve özenli çalışmalara, nice ilginç yorumlara konu olur. Bu çalışmaları küçümsemek de haksızlık olur: Flaubert'in, elde defter, öyküsünü geçireceği yerlerin özelliklerini saptaması, çalışma masasının üstünde de kahramanı Félicité'nin Loulou'sunun türünden, doldurulmuş bir papağan bulundurması yazın tarihinde benzerine az rastlanır bir biçem ustasının çalışma yöntemini göstermesi bakımından fazlasıyla ilginçtir. Öykü konusundaki değişik yorumlar da ilginçtir. Flaubert'in, daha çalışmanın başlangıcında, Bayan Roger des Genettes'e yazdığı mektupta getirdiği yorum da öyle. Ancak, gene ötekiler gibi, tartışılması gerekir.

Böyle bir denemeye son tümceden girişelim dersek, Flaubert'in "ağlatmak istiyorum", demesi fazlasıyla şaşırtır bizi. Uzmanların yazdığına göre, dostu Georges Sand'a verilmiş bir ödündür bu. Ama, bana sorarsanız, tutulmuş bir söz değildir: Onun öteki yapıtlarında, örneğin *Madame Bovary* ya da *Salammbô*'daki kişisellikten uzak, nesnel, yalın anlatımı burada da karşımıza çıkar, *Madame Bovary* ya da *Salammbô*'da olduğu gibi burada da yazar araya girmeye, yorumda bulunmaya kalkmaz. Öykünün hızlı akışı da buna izin vermez ayrıca. Okuru ağlatsa ağlatsa, anlatımın etkisi değil, Félicité'nin soylu yüreği, çıkardan uzak sevgisi ve özverisiyle acı yazgısı arasındaki karşıtlık ağlatır. Bu karşıtlık öykünün alaycı bir öykü olmadığını, dolayısıyla da Flaubert'in Bayan Roger des Genettes'e yazdığının doğruluğunu kanıtlar. Flaubert *Saf Bir Yürek*'i başlangıçta özellikle papağan üzerinde yoğunlaştırmayı tasarlamışken, daha sonra onu öyküye ancak son bölümde, Théodore'un, Paul ile Virginie'nin ve Victor'un ardından sokması da alaylı bir anlatımdan kaçma düşüncesinin sonucudur belki. Ama, Félicité'nin son soluğunu verirken, aralanan göklerde "dev bir papağan görür gibi olması", yani, bir anlamda, Loulou'yu Kutsal Ruh'la özdeşleştirmesi bir alay içermese bile, *Bouvard ile Pécuchet*'nin [*Bilirbilmezler*] yaratıcısının karşısında bulunduğumuzu unutmamak gerekir: Hiç beklenmedik zamanlarda varla yok arası bir alayla karşılaşabiliriz. "Fabu, kuşun boğazını sıkıvereceğini söyleyerek gözdağı veriyordu ama kollarının dövmelerine ve kocaman favorilerine karşın acımasız bir çocuk değildi," tümcesinde olduğu gibi.

Saf Bir Yürek bir solukta okunur, ama, onu tüm incelikleriyle kavramak istiyorsanız, bir kez daha, bir kez daha, bir kez daha okumanız gerekir.

Tahsin Yücel

I

Yarım yüzyıl boyunca Pont-l'Évêque'in kentli kadınları, hizmetçisi Félicité yüzünden Bayan Aubain'i kıskandılar.

Yılda yüz franga hem mutfak hem ev işlerini yapıyor, dikiyor, yıkıyor, ütülüyor, at gemlemeyi, kümes hayvanlarını semirtmeyi, yayık yaymayı biliyordu ve pek de cana yakın bir insan olmayan hanımına her zaman sadık kaldı.

Kadın, yakışıklı ama parasız pulsuz bir adamla evlenmiş, adam 1809 yılı başlarında ölmüş ve ona çok küçük iki çocukla bir sürü borç bırakmıştı. O da yılda en fazla beş bin frank getiren Toucques ve Geffosses çiftlikleri dışındaki bütün taşınmaz mallarını sattı, Saint-Melaine' deki evini bıraktı ve daha az masraflı bir başka yere, sebze halinin arkasına düşen, atalarından kalma bir eve yerleşti.

Arduvaz kaplı bu ev, nehre çıkan dar bir sokakla bir geçit arasındaydı. İçinde, insanı sendeleten düzey farklılıkları vardı. Dar bir giriş, Bayan Aubain'in bütün gün pencere kenarında hasır bir koltukta oturduğu salonu mutfaktan ayırıyordu. Beyaza boyalı duvar kaplamasının önüne sekiz maun sandalye dizilmişti. Eski bir piyanonun üstünde piramit biçiminde bir karton kutu yığını yükseliyor, hepsinin tepesinde de bir barometre duruyordu. Sarı mermerden, XV. Louis tarzı şöminenin iki yanına, işlemeli kumaş kaplı iki geniş koltuk yerleştirilmişti. Ortadaki duvar saatinde bir Vesta Tapınağı betimi vardı ve tüm bu bölüm biraz küf kokuyordu; çünkü döşemesi bahçeden daha aşağıdaydı.

Birinci katta önce madamın odası vardı. Duvarları soluk çiçekli bir kâğıtla kaplı, çok büyük bir odaydı bu; bir duvarında da mösyönün züppe delikanlı kılığında bir portresi asılıydı. Bu odadan, daha küçük bir başkasına geçiliyor ve orada şiltesiz iki çocuk yatağı görülüyordu. Ardından her zaman kapalı duran, üstlerine çarşaf örtülmüş mobilyalarla dolu salon geliyordu. Bir koridorla çalışma odasına geçiliyordu daha sonra; burada rafları kitap ve eski püskü kâğıtlarla dolu bir kitaplık, siyah ahşaptan büyük bir çalışma masasını üç yandan sarıyor, karşılıklı iki duvar panosu da daha iyi zamanların ve yitip gitmiş bir zenginliğin anısı kamışkalem desenler, guvaş manzaralar ve Audran'ın gravürleri altında kayboluyordu. İkinci katta, kırlara bakan bir tepe penceresi, Félicité'nin odasını aydınlatıyordu.

Félicité sabah ayinini kaçırmamak için şafakla kalkıyor ve hiç ara vermeden akşama dek çalışıyordu; akşam yemeği bittikten, tabak çanak yerleştirilip kapı dikkatle kapatıldıktan sonra da yanan kütüğü küllerin altına gömüyor ve elinde tespihi, ocağın önünde uyuyakalıyordu. Pazarlıkta kimse onun eline su dökemezdi. Temizliğe gelince; tencerelerinin parıltısı, öbür hizmetçileri her zaman umutsuzluğa düşürmüştü. Tutumluydu; yemeğini yavaş yavaş yer, onun için özel olarak pişen ve yirmi gün giden altı okkalık ekmeğinin kırıntılarını masadan parmağıyla toplardı.

Mevsim ne olursa olsun, sırtından topluiğneyle tutturulmuş basma bir yemeni, saçlarını gizleyen bir başlık, kül rengi çoraplar ve kırmızı bir iç etek giyer, gömleğinin üstüne de hastane hemşireleri gibi göğüslüklü bir önlük geçirirdi.

Yüzü zayıf, sesi inceydi. Yirmi beş yaşındayken kırkında görünüyordu; ellisinden sonra da yaşı bütünüyle anlaşılmaz oldu. Her zaman sessizdi, dimdikti, hareketleri ölçülüydü ve kendi kendine işleyen, tahtadan yapılmış bir kadına benziyordu.

II

Onun da, herkes gibi, bir sevda öyküsü olmuştu.

Babası duvarcıydı ve bir iskeleden düşüp ölmüştü. Sonra annesi öldü, kız kardeşleri oraya buraya dağıldılar; bir çiftçi onu yanına aldı ve daha küçücükken bekçi diye kırdaki ineklerin başına dikti. Yırtık pırtık giysiler içinde tir tir titriyor, yüzüstü uzanıp su birikintilerinden içiyor, saman üstünde uyuyor, hizmetçilere hizmet ediyor, olmadık şeyler için dayak yiyordu ve sonunda otuz paralık bir hırsızlık yüzünden kovuldu; üstelik parayı da o çalmamıştı. Başka bir çiftliğe girdi, orada kümes bakıcısı oldu; patronlarının hoşuna gidiyor, bu yüzden de arkadaşları onu kıskanıyorlardı.

Bir ağustos akşamı (o sırada on sekiz yaşındaydı), onu Colleville Panayırı'na götürdüler. Oraya adımını atar atmaz şaşkına döndü; çalgıcıların patırtısı, ağaçlardaki ışıklar, alacalı bulacalı giysiler, danteller, altın haçlar, hep birlikte sıçrayıp duran onca insan aklını karıştırdı; bir kenarda alçakgönüllü bir edayla duruyordu ki, dirseklerini bir araba okuna dayamış, piposunu içen, iyi giyimli genç bir adam onu dansa çağırdı. Kıza elma şarabı, kahve, peksimet ısmarladı, bir boyun mendili satın aldı, sonra da niyetini kestirdiğini düşünerek evine bırakmayı önerdi. Bir yulaf tarlasının kıyısında onu hoyratça yere yatırdı. Kız korktu ve bağırmaya başladı. Delikanlı uzaklaştı.

Başka bir akşam Beaumont yolunda ağır ağır ilerleyen büyük bir saman arabasının önüne geçmek istedi; tekerlekleri sıyırıp geçerken de Théodore'u tanıdı.

Delikanlı sakin bir tavırla yanına geldi ve olup bitenleri bağışlaması gerektiğini söyledi: Hepsi "içkinin suçuydu" çünkü.

Ne yanıt vereceğini bilemedi kız; oradan kaçıp gitmek istiyordu.

Hemen konuyu değiştirip hasattan, beldenin önemli kişilerinden söz etmeye başladı Théodore; çünkü babası Colleville'den ayrılıp Écots'ların çiftliğine geçmiş, bu yüzden de artık komşu olmuşlardı. "Öyle mi!" dedi kız. Delikanlı, kendisini evlendirmek istediklerini de ekledi. Gerçi acelesi yoktu ve hoşlanacağı bir kadın arıyordu; kız başını eğdi. O zaman evlenmeyi düşünüp düşünmediğini sordu delikanlı. Kız gülümseyerek, insanlarla alay etmenin kötü bir şey olduğunu söyledi. "Hayır, inanın ki!.." Ve sol koluyla kızın beline sarıldı. Onun koluna yaslanarak yürüyordu şimdi kız; yavaşladılar. Rüzgâr hafifçe esiyor, yıldızlar parlıyordu; arabadaki koskocaman saman yığını önlerinde sallanıyordu ve ayaklarını sürüyen dört at, yerden toz kaldırıyorlardı. Sonra, herhangi bir komut beklemeden sağa saptı atlar. Delikanlı kızı bir kez daha öptü; kız karanlıkta kayboldu.

Ertesi hafta, kızdan buluşma sözleri kopardı Théodore. Avlu diplerinde, duvar arkalarında, ıssız bir ağacın dibinde buluşuyorlardı. Kız, küçük hanımefendiler gibi masum değildi; hayvanlardan her şeyi öğrenmişti. Ama aklı ve onur içgüdüsü, kendini koyvermesini engelledi. Bu direniş, Théodore'un aşkını körükledi ve onu kandırmak için (belki de saf yüreklilikle) evlenme önerisinde bulundu. Kız inanmakta zorlanınca büyük yeminler etti.

Kısa süre sonra, pek de hoş olmayan bir şey açıkladı delikanlı. Anası babası, geçen yıl onun için birini satın almışlardı.[1] Ama şimdi her an silah altına alınabilirdi; askere gitme düşüncesi onu korkutuyordu. Bu ödleklik, sevgisinin bir kanıtı gibi göründü Félicité'ye. Kendi sevdası da büyüdü böylece. Geceleri kaçıyor, buluşma yerine koşuyor, oraya vardığında da Théodore, kaygılarıyla, yalvarıp yakarmalarıyla ona çile çektiriyordu.

Sonunda, doğru dürüst bilgi almak için kalkıp valiliğe kendisinin gideceğini söyledi delikanlı; gelecek pazar, saat on birle gece yarısı arası, haberleri getirecekti.

Zamanı geldiğinde, kız sevgiliye koştu.

Onun yerine arkadaşlarından birini buldu.

O da, delikanlıyı bir daha göremeyeceğini söyledi kıza. Théodore askerlik işini sağlama almak için yaşlı ve çok zengin bir Toucques'lu kadınla, Madam Lehoussais'yle evlenmişti.

Karmakarışık bir acı kapladı içini. Kendini yerden yere vurdu, çığlıklar attı, Yüce Tanrı'yı yardıma çağırdı ve gün doğana dek kırlarda tek başına sızlandı durdu. Sonra çiftliğe döndü, işi bırakmak istediğini söyledi; ay sonunda parasını aldıktan sonra da varını yoğunu bir çıkına doldurdu ve Pont-l'Évêque'e gitti.

Hanın önünde, dul giysileri içindeki bir kentli kadına yanaştı; kadın da tam o sıralar bir aşçı arıyordu. Genç kız pek bir şey bilmiyordu; ama öylesine iyi niyetli görünüyor ve o kadar az şey istiyordu ki sonunda:

"Peki, sizi işe alıyorum!" dedi Bayan Aubain.

Çeyrek saat sonra, Félicité kadının evine yerleşmişti.

Önceleri hem evin "tarzının" hem de mösyönün her şeye sinmiş anısının yol açtığı bir tür sarsıntı içinde yaşa-

1. Onun yerine askere gidecek birini. (Ç.N.)

dı orada. Biri yedi, ötekiyse ancak dört yaşındaki Paul ve Virginie, ona değerli bir maddeden yapılmış gibi geliyor, bir at gibi ikisini de sırtında taşıyordu. Sonunda Bayan Aubain, durmadan çocukları öpmesini yasakladı, bu da onu biraz incitti. Yine de mutluydu ama. Ortamın dinginliği, üzüntüsünü eritip bitirmişti.

Her perşembe, bazı tanıdıklar gelip evde bir "boston"[1] partisi çeviriyorlardı. Félicité önceden kartları ve ayak tandırlarını hazırlıyordu. Tam sekizde gelip saat on biri çalmadan gidiyordu konuklar.

Her pazartesi sabahı, sokağın altındaki eskici, hurdalarını yere yayardı. Sonra da kent, uğuldayan insan sesleriyle dolar, bu uğultuya at kişnemeleri, kuzu melemeleri, domuz homurtuları ve sokaktaki arabaların çıkardığı takırtılar karışırdı. Öğleye doğru, pazarın en canlı saatinde, yaşlı ve uzun boylu, kasketini geriye itmiş, kanca burunlu bir köylü belirirdi eşikte; Géfosse'daki çiftliği işleten Robelin'di bu. Az sonra da Toucques'un ufak tefek, kırmızı suratlı, şişman kâhyası Liébard, sırtında kül rengi ceketi ve mahmuzlu çizmeleriyle sökün ederdi.

İkisi de mülk sahibine tavuk ya da peynir getirirlerdi. Félicité adamların küçük kurnazlıklarını boşa çıkarır, onlar da kıza büyük saygı duyarak gerisin geri dönerlerdi.

Zaman zaman Bayan Aubain'i ziyarete Gremanville markisi gelirdi; kadının dayılarından biriydi, dolandırıcıların eline düşüp varını yoğunu yitirmişti ve Falaise'de, topraklarından geriye kalan son parçacıkta yaşıyordu. Hep öğle yemeği saatinde, patileriyle bütün mobilyaları kirleten çirkin bir kanişle çıkıp gelirdi. Soylu bir beyefendi gibi görünme çabalarına ve bunu her "rahmetli ba-

1. Bir iskambil oyunu. (Ç.N.)

bam" deyişinde şapkasını çıkarmaya dek vardırmasına karşın, alışkanlığını engelleyemeyip kadeh kadeh üstüne içer, sonra da açık saçık şakalar yapmaya başlardı. Félicité, terbiyeli bir tavırla dışarıya itelerdi onu: "Yeterince içtiniz Mösyö dö Gremanville! Bir başka sefere!" Ve ardından kapıyı kapardı.

Eski Dava Vekili Mösyö Bourais'yeyse keyifle açardı kapıyı. Onun beyaz kravatı ve dazlaklığı, gömleğinin dantelli göğüs süsü, geniş kahverengi redingotu, kolunu bükerek enfiye çekişi, kısacası tüm kişiliği, olağanüstü insanların karşısında hepimizde uyanan şaşkınlığa sürüklerdi Félicité'yi.

Madamın malını mülkünü yönettiği için, onunla saatlerce mösyönün çalışma odasına kapanır, saygınlığını lekelemekten çok korkar, yüksek görevlilere sonsuz bir saygı duyar ve yerli yersiz Latince paralamaya bayılırdı.

Hem eğlensinler hem de bir şeyler öğrensinler diye, çocuklara gravürlerle resimlenmiş bir coğrafya kitabı armağan etmişti. Dünyanın değişik yerlerinden sahneler vardı bu resimlerde: başları tüylü yamyamlar, bir genç kızı kaçıran maymun, çölde Bedeviler, zıpkınlanan bir balina...

Paul, Félicité'ye bu gravürleri bir bir açıkladı. Kızın bütün yazınsal eğitimi de bununla sınırlı kaldı.

Çocukların eğitimiyse Guyot'nun işiydi; belediyede görevli, "güzel yazısıyla" ünlü ve çakısını çizmesinde bileyen zavallı bir adamdı bu.

Hava açık olduğunda, erkenden Géffosse çiftliğine gidilirdi.

Avlu eğimli, ev ortadadır; uzaktan küçük kül rengi bir leke gibi deniz görünür.

Félicité, sepetinden soğuk et dilimleri çıkartır ve süthanenin uzantısı gibi duran bir bölümde öğle yemeği yenirdi. Şimdilerde yok olmuş eski bir sayfiye evinden geriye kalan tek bölümdü bu. Yırtık pırtık duvar kâğıtları esintiyle hafifçe titreşirdi. Kendini anılara kaptıran Bayan Aubain başını önüne eğer, çocuklar konuşmaya çekinirlerdi. "Haydi, oynayın artık!" derdi kadın ve çocuklar hemen kirişi kırarlardı.

Paul ambara tırmanır, kuş yakalar, su birikintisinde taş kaydırır ya da kocaman fıçılara bir sopayla vurup davul gibi gümbürdetirdi onları.

Virginie'yse tavşanlara yem verir, peygamberçiçeği toplamak için koşuşur ve bacaklarının hızı yüzünden iç çamaşırının küçücük, işlemeli paçaları görünürdü.

Bir güz akşamı, otlaklardan geçerek eve döndüler.

Henüz ilkdördünündeki ay, göğün bir bölümünü aydınlatıyor ve bir sis bulutu, Toucques Irmağı'nın kıvrımları üstünde bir boyun atkısı gibi süzülüyordu. Çayırın ortasına uzanmış öküzler sakin sakin, geçip giden bu dört kişiye bakıyorlardı. Üçüncü otlakta, öküzlerden birkaçı kalktılar, sonra da gelip önlerinde halka oldular. "Korkmayın," dedi Félicité ve bir tür ağıt mırıldanarak en yakındakinin sırtını okşadı; hayvan geri döndü, ötekiler de onu izlediler. Ama bir sonraki otlaktan geçerken korkunç bir böğürtü duyuldu. Sisin gizlediği bir boğaydı bu. İki kadına doğru ilerledi. Bayan Aubain koşacak gibi oldu. "Hayır, hayır, daha yavaş!" Yine de adımlarını hızlandırdılar; gitgide yaklaşan gürültülü bir soluk duyuyorlardı arkalarında. Toynakları, çayırın otlarını balyoz gibi dövüyordu. İşte, şimdi de dörtnal koşmaya başlamıştı! Félicité arkasına döndü ve elleriyle toprak kesekleri koparıp boğanın gözlerine atmaya başladı. Hayvan kafasını eğiyor, boynuzlarını sallıyor ve öfkeden titreyerek korkunç bir sesle böğürüyordu. Bayan Aubain, iki çocuğuyla çayırın ucuna ulaşmıştı ve çılgın gibi sınırdaki yükseltiyi aşmanın bir yolunu arıyordu. Félicité'yse boğanın önünde geriliyor, hiç durmadan onu kör eden çim keseklerini atıyor, bir yandan da bağırıyordu: "Çabuk olun! Çabuk olun!"

Bayan Aubain hendeğe indi, Virginie'yi itti. Ardından Paul, bayıra tırmanmaya çalışırken birkaç kez düştü ve sonunda cesaretini toplayıp yukarı çıkmayı başardı.

Boğa Félicité'yi bir çitin önünde sıkıştırmıştı; salyası yüzüne sıçrıyordu ve bir saniye daha geçse boynuzunu karnına saplayacaktı. Ama kız, iki parmaklık arasından sıyrılacak zamanı buldu ve koca hayvan, şaşkın, kalakaldı.

Bu olay Pont-l'Évêque'de yıllarca konuşuldu. Félicité bundan hiçbir övünç payı çıkarmadı; kahramanca bir şey yaptığının farkında bile olmadı.

Zamanının çoğunu Virginie alıyordu; çünkü yaşadığı büyük korkunun ardından kızcağız sinirsel bir rahatsızlık geçirmiş ve Doktor Bay Poupart, Trouville kumsallarında deniz banyosu önermişti.

O zamanlar pek giden olmazdı oralara. Bayan Aubain sağa sola sordu, Bourais'ye danıştı, uzun bir yolculuğa çıkarcasına hazırlıklar yaptı.

Denkler, akşamdan, Liébard'ın arabasıyla yola çıktı. Ertesi sabah, adam iki de at getirdi; birinin sırtında kadife arkalıklı bir kadın eyeri vardı; ikincisinin sağrısında da dürülmüş bir palto, bir tür oturak oluşturuyordu. Bayan Aubain buraya, adamın arkasına bindi. Félicité, Virginie' yi yanına aldı; Paul de Mösyö Lechaptois'nın, çok iyi bakılması koşuluyla ödünç verdiği eşeğinin sırtına yerleşti.

Yol öylesine bozuktu ki, sekiz kilometresini ancak iki saatte alabildiler. Atlar bukağılıklarına dek çamura saplanıyor, çıkmak için sert kalça hareketleri yapıyor ya da tekerlek izlerine takılıyorlar, kimi zaman da atlamaları gerekiyordu. Liébard'ın kısrağı, kimi yerde ansızın duruyordu. O da sabırla yeniden yürümesini bekliyordu; sonra yol boyunca sıralanan mülklerin sahiplerinden söz açıyor ve anlattığı öykülere bunlardan alınacak dersleri de ekliyordu. Örneğin Toucques'un orta yerinde, latinçiçekleriyle çevrelenmiş pencerelerin altından geçerken omuzlarını silkerek şöyle dedi:

"İşte bir tane daha: Madam Lehoussais. Genç biriyle evleneceğine..." Félicité gerisini duymadı; atlar tırısta, eşek dörtnal gidiyordu; hep birlikte bir patikaya saptılar, bir çit kapısı dönerek açıldı, iki oğlan çocuğu göründü ve gübreliğin önünde, tam kapının eşiğinde indiler.

Liébard Ana, hanımefendisini görünce sevinçten deliye döndü. Ona hemen bir sofra kurdu: Sığır filetosu, işkembe, domuz sucuğu, tavuk yahnisi, köpüklü elma şarabı, meyvalı turta ve alkolde bekletilmiş erikler vardı sofrada; eşliğinde de bol bol incelik sözleri: Madam ne denli sağlıklı görünüyordu; matmazel ne kadar "göz kamaştırıcı" olmuş, Mösyö Paul nasıl da "toplamıştı". Birkaç kuşaktır ailenin hizmetinde çalışan Liébard'ların tanıdığı göçmüş büyükanneler, büyükbabalar da bu sözlerden payını alıyordu doğal olarak. Çiftlik de, içindekiler gibi eski kokuyordu: Tavan kirişleri kurtlanmış, duvarlar isten kararmış, pencere camları tozdan kül rengine dönmüştü. Meşe bir dolap, her türden eşyayı barındırıyordu: güğümler, tabaklar, kalaylı çanaklar, kurt kapanları, koyun kırkmak için makaslar. Kocaman bir şırınga, çocukları güldürdü. Üç avluda da, dibinde mantar ya da dallarında bir tutam ökseotu bulunmayan tek ağaç yoktu. Rüzgâr bunların birkaçını devirmiş ama orta yerlerinden yeniden sürmüştü ağaçlar ve elma bolluğundan dalları yerleri süpürüyordu. Kahverengi kadifeye dönmüş, değişik kalınlıkta saman çatılar, en sert fırtınalara dayanıyorlardı. Ama arabalık, yıkıntıya dönmüştü. Bayan Aubain, bunu düşüneceğini söyledi ve atların yeniden koşulması buyruğunu verdi.

Trouville'e varmak için bir yarım saat daha gittiler. Küçük kervanın yolcuları Les Écores'u geçmek için attan inip yürümek zorunda kaldılar; gemilere tepeden bakan bir yalıyardı burası. Üç dakika sonra da rıhtımın bir ucunda, David Ana'nın Altın Kuzu Hanı'nın avlusuna girdiler.

Hava değişiminin ve banyoların etkisiyle Virginie, ilk günden başlayarak kendini daha iyi hissetti. Deniz giysisi olmadığı için suya sırtında bir gömlekle giriyordu ve dadısı, onu denize girenlerin kullandığı bir gümrük barakasında giydiriyordu.

Öğleden sonra, eşekle Kara Kayalar'ın ötesine, Hennequeville'e doğru gidiyorlardı. Patika, önce bir parkın çimenleri gibi inişli çıkışlı topraklar arasından yükseliyor, sonra da otlaklarla ekili tarlaların birer arayla uzandığı bir düzlüğe geliyordu. Yolun iki yanında, çalı yığınları arasından çobanpüskülleri yükseliyor, orada burada büyük bir ölü ağaç, göğün mavisine dallarıyla zikzaklar çiziyordu.

Hemen her seferinde, sollarında Deauville, sağlarında Le Havre, karşılarında da açık deniz, bir çayırlıkta dinlenirlerdi. Güneşte pırıl pırıl, bir ayna gibi pürüzsüz olurdu deniz; öylesine dingindi ki, mırıltısı bile zar zor duyulur, çevrelerinde saklanmış serçeler cıvıldar ve bütün bunların üstünü sonsuz bir gökkubbe örterdi. Bayan Aubain oturup iş işlerdi orada; yanı başında Virginie sazdan bir şeyler örer, Félicité lavanta çiçekleri kökler, canı sıkılan Paul de geri dönmek isterdi.

Kimi zaman da kayıkla La Toucques'u geçip deniz kabuğu ararlardı. Alçalan sularla, denizkestaneleri, *godefiche*'ler,[1] denizanaları çıkardı ortaya ve çocuklar, rüzgârın alıp götürdüğü köpükleri yakalamak için koşuşurlardı. Uykudaymış gibi ölgün dalgalar kumsala vurduklarında kıyı boyunca açılıp yayılırlardı; uçsuz bucaksızdı bu kıyı

1. Manş kıyılarına özgü bir balık. (Ç.N.)

ama kara tarafında kum tepeleriyle sınırlanır ve Le Marais denen, hipodrom biçimli geniş bir çayırdan bu tepelerle ayrılırdı. Oradan döndüklerinde, karşıda, tepenin yamacında görünen Trouville, her adımda biraz daha büyür ve hepsi farklı büyüklükteki evleriyle neşeli bir dağınıklık içinde gülümser gibi gelirdi onlara.

Havanın çok sıcak olduğu günlerde, odalarından çıkmazlardı. Dışarının göz alıcı aydınlığı, ışıktan çubuklar takardı kepenklerin dilimleri arasına. Köyde tek ses duyulmazdı. Aşağıda, kaldırımda kimse olmazdı. Bu her yere yayılmış sessizlik, nesnelerin dinginliğini de artırırdı. Uzaktan uzağa kalafatçıların tekne gövdelerine vuran çekiçleri duyulur, ağır bir meltem, katran kokusunu onlara taşırdı.

Başlıca eğlence, kayıkların dönüşüydü. Şamandıraları geçer geçmez, volta vurmaya başlardı kayıklar. Yelkenleri direğin üçte ikisine iner, mizanaları bir balon gibi şişik, dalgaların çalkantısında kayarak limanın ortasına dek ilerlerler ve orada çapa ansızın suya düşerdi. Tekne rıhtıma yanaşır, gemiciler küpeştenin üstünden kıpır kıpır balıklar atar, sıra olmuş arabalar onları bekler, pamuklu başlıklar takmış kadınlar da sepetleri almak ve kocalarına sarılıp öpmek için ileri atılırlardı.

Bir gün, bu kadınlardan biri Félicité'ye yanaştı; o da az sonra sevinçle odaya döndü. Kız kardeşlerinden birini bulmuştu ve az sonra, Nastasie Barette, koca soyadıyla Leroux Kadın, kucağında henüz meme emen bir bebek, sağ elinde başka bir çocukla kapıda göründü. Solunda da beresi kulağının üstüne yıkılmış, yumrukları belinde küçük bir miço vardı.

Bir çeyrek saat sonra, Bayan Aubain kadını sepetledi.

Sık sık mutfağın yakınlarında ya da çıktıkları gezilerde rastlıyorlardı onlara; koca ortalarda görünmüyordu.

Félicité bu insanlara sevgi duymaya başladı. Onlara

bir battaniye, gömlekler, bir fırın satın aldı. Besbelli onu yolmaya çalışıyorlardı. Bu zayıflık Bayan Aubain'in canını sıkıyor, yeğenin aşırı yakınlığından da –oğluyla senli-benli olmuştu– pek hoşlanmıyordu; Virginie öksürmeye başladığı, mevsim de artık geçtiği için Pont-l'Évêque'e döndüler.

Bay Bourais kolej seçimi konusunda Bayan Aubain'i aydınlattı. Caen'dekinin en iyisi olduğu söyleniyordu. Paul oraya gönderildi; yürekli bir delikanlı gibi herkesle vedalaştı; yeni arkadaşlar edineceği bir evde yaşamaya gittiği için keyfi yerindeydi.

Bayan Aubain zorunluluk karşısında oğlundan uzaklaşmaya razı oldu; Virginie kardeşini gittikçe daha az düşünüyor, Félicité oğlanın gürültü patırtısını özlüyordu. Ama oyalanacağı yeni bir uğraş çıktı karşısına; Noel'den sonra her gün, küçük kızı din dersine götürmeye başladı.

III

Kapıda hafifçe diz kırdıktan sonra kilisenin yüksek sahınında, iki yana dizili sandalyeler arasından ilerliyor, Bayan Aubain'in sırasını açıyor, oturuyor ve çevreye göz gezdiriyordu.

Oğlanlar sağda, kızlar solda, koro sıralarını dolduruyor, papaz rahlenin yakınında, ayakta dikiliyor, absiddeki bir vitrayda Kutsal Ruh, Meryem'in tepesinde duruyordu. Başka bir vitrayda Meryem, Çocuk İsa'nın önünde diz çökmüş biçimde gösterilmişti – kutsal kâse dolabının arkasındaysa, ahşap bir kabartma, Ejder'i yere seren Aziz Mikail'i betimliyordu.

Papaz önce Kutsal Kitap'ta anlatılanların bir özetini verdi. Cenneti, tufanı, Babil Kulesi'ni, alev alev yanan kentleri, yok olup giden kavimleri, devrilen putları görür gibi oldu Félicité. Bu göz kamaşmasından geriye, Yüce Tanrı'ya duyduğu saygı kaldı yalnızca; bir de öfkesinin verdiği korku. Daha sonra, Çile'yi dinlerken ağladı. Neden çarmıha germişlerdi onu? O ki çocukları seviyor, kalabalıkları doyuruyor, körleri iyileştiriyordu ve iyi yürekliliğinden ötürü yoksullar arasında, bir ahırın gübreleri üstünde doğmak istemişti! Ekinler, hasatlar, meyve cendereleri, İncil'in söz ettiği tüm bu tanıdık şeyler onun yaşamında da vardı, Tanrı'nın geçişi onları kutsamıştı; Kuzu'ya duyduğu sevgi yüzünden kuzuları, Kutsal Ruh yüzünden de güvercinleri daha candan sever oldu.

Kutsal Ruh'u gözünün önüne getirmekte zorlanıyordu. Çünkü yalnızca kuş değildi o; kimi zaman ateş, kimi zaman da bir soluk oluveriyordu. Belki de onun ışığıydı geceleri bataklıkların kıyılarında uçuşan; bulutları iten onun soluğu, çanları uyumlu kılan onun sesiydi. Büyük bir hayranlık içinde orada öylece duruyor, duvarların serinliğinin, kilisenin dinginliğinin tadını çıkarıyordu.

Dogmalara gelince, onlardan hiçbir şey anlamıyor, anlamaya da çalışmıyordu. Papaz konuşuyor, çocuklar ezberlerini okuyor, o da sonunda uyuyakalıyor, ama ansızın, eve giden çocukların tahta pabuçlarının döşeme taşlarında çıkardığı takırtıyla uyanıyordu.

İşte böyle dinleye dinleye temel din bilgilerini edindi –gençliğinde doğru dürüst bir dinsel eğitim almamıştı– ve bundan sonra Virginie'nin bütün yaptıklarını taklit etmeye başladı; onun gibi oruç tutuyor, onun gibi günah çıkartıyordu. Şaraplı Ekmek Yortusu'nda, sokakta birlikte bir sunak hazırladılar.

Kızın ilk Komünyon'u, çok öncesinden telaşlara düşürdü Félicité'yi. Ayakkabılar, tespih, kitap ve eldivenler için koşuştu durdu. Kızı giydirirken annesine nasıl da titreyerek yardım etti!

Tüm ayin boyunca, içinde bir sıkıntı duydu. Önünde oturan Bay Bourais, koronun bir bölümünü görmesini engelliyordu. Ama tam karşısında, indirilmiş duvaklarının üstüne beyaz taçlar giymiş bakireler sürüsü, karlar içinde bir tarla oluşturuyordu sanki; ve sevgili küçüğü, uzaktan, ötekilerden daha narin boynu ve düşüncelere dalmış halinden tanıyordu. Çan çaldı, başlar eğildi; bir sessizlik oldu. Orgun çınlayan sesiyle birlikte kilise şarkıcıları ve kalabalık, "Agnus Dei"yi söylemeye başladılar;

sonra oğlanların geçidi başladı; ardından da kızlar ayağa kalktılar. Ellerini kavuşturup adım adım, ışıltılar içindeki sunağa doğru yürüyor, ilk basamakta diz çöküyor, sırayla kutsal ekmeği tadıyor, sonra da aynı düzen içinde dua sıralarına geri dönüyorlardı. Virginie'nin sırası geldiğinde, Félicité onu görmek için eğildi ve gerçek sevgilerin insana verdiği bir düş gücüyle, bu çocuk kendisiymiş gibi geldi ona; yüzü, kendi yüzüne dönüşüyor, giysisini kendisi giyiyor, çocuğun yüreği kendi göğsünde atıyordu sanki; gözkapaklarını indirip ağzını açma ânı geldiğinde bayılacak gibi oldu.

Ertesi sabah erkenden kiliseye giderek papazdan kendisine de komünyon vermesini istedi. Kutsal ekmeği tadarken sofuca duygular içindeydi ama aynı olağanüstü lezzeti bulamadı.

Bayan Aubain, kızının iyi yetişmiş biri olmasını istiyordu ve Guyot ona ne İngilizce ne de müzik öğretebildiği için, kızı Honfleur'deki Ursulines rahibelerine yatılı göndermeye karar verdi.

Çocuk buna karşı çıkmadı. Félicité oflayıp pufluyor, madamı duygusuzlukla suçluyordu. Sonra, belki de hanımefendi haklıdır, diye düşündü. Bu işler onun anlayacağı işler değildi.

Sonunda bir gün, kapının önünde üstü kapalı, eski bir araba durdu ve arabadan matmazeli almaya gelmiş bir rahibe indi. Félicité bavulları arabanın tepesine yükledi, arabacıya tembihlerde bulundu, arabanın arkasına da altı reçel kavanozu, bir düzine armut ve bir demet menekşe yerleştirdi.

Virginie son anda hıçkıra hıçkıra ağlamaya başladı. Annesinin boynuna sarılıyor, o da kızını alnından öperken, "Haydi canım, cesaret! Cesaret!" diye yineliyordu. Basamak kaldırıldı ve araba yola koyuldu.

İşte o zaman Bayan Aubain bir baygınlık geçirdi; akşam da bütün dostları, Lormeau çifti, Madam Lechaptois, şu Matmazel Rochefeuille'ler, Mösyö de Houppeville ve Bourais, onu avutmaya geldiler.

Kızından yoksun kalmak, önceleri çok acı verdi Bayan Aubain'e. Ama haftada üç kez ondan mektup alıyor, öteki günlerde de o yazıyor, bahçesinde dolaşıyor, biraz okuyor ve böylece saatlerin boşluğunu dolduruyordu.

Félicité alışkanlıkla her sabah Virginie'nin odasına giriyor ve duvarlara bakıyordu. Artık onun saçlarını tarama, potinlerini bağlama, yatak örtülerini sıkıştırma gibi işleri yapmak zorunda olmamak, her an sevimli yüzünü görememek, birlikte dışarı çıktıklarında elini tutamamak canını sıkıyordu. Bu işsizlikte dantel örmeye çalıştı. Ama fazla kaba parmaklarıyla iplikleri koparıyor, kafası hiçbir şey almıyor, uykusuzluk çekiyor, kendi deyişiyle "bittiğini" söylüyordu.

"Sıkıntısını birazcık dağıtmak" için yeğeni Victor'u konuk etme izni istedi.

Oğlan, pazarları ayinden sonra, yaka bağır açık, yanakları pespembe ve geçip geldiği kırların kokusuyla geliyordu eve. Félicité hemen ona sofra kuruyor, karşı karşıya oturup yemek yiyorlardı. Fazla para harcamamak için kendi olabildiğince az yerken, oğlanı öylesine tıka basa doyuruyordu ki, sonunda uyuyup kalıyordu Victor. Akşam çanlarının ilk vuruşunda onu uyandırıyor, pantolonunu fırçalıyor, kravatını bağlıyor ve anaç bir gururla koluna girip kiliseye götürüyordu.

Anası babası, hep bir şeyler sızdırmakla görevlendiriyorlardı çocuğu: Bir kutu ham şeker, sabun, alkol, kimi zaman para bile istiyorlardı. Söküklerini getirip diktiriyor, o da bu işi, oğlanı bir daha gelmeye zorladığı için seve seve yapıyordu.

Ağustos ayında, babası çocuğu bir kıyı seferine götürdü.

Tatil zamanıydı. Çocukların eve gelmesi Félicité'yi avuttu. Ama Paul gitgide huysuz bir çocuk oluyordu; Virginie de senlibenli olacak yaşı geçmişti ve bu, aralarında bir tedirginlik, bir engel oluşturuyordu.

Victor art arda Morlaix'ye, Dunkerque'e ve Brighton'a gitti; her yolculuk dönüşünde bir armağan getiriyordu ona. İlk seferinde deniz kabuklarından bir kutu getirdi, ikincisinde bir kahve fincanı, üçüncüsünde insan biçimli kocaman baharatlı bir ekmek. Öte yandan gitgide güzelleşiyordu çocuk; iyice boy atmış, bıyıkları terlemişti; bakışlarında iyilik ve içtenlik okunuyor, kafasındaki küçük deri kasketi bir kaptan gibi geriye itiyordu. Arada denizcilere özgü sözcükler kullanarak öyküler anlatıyor, eğlendiriyordu Félicité'yi.

Bir pazartesi (14 Temmuz 1819; bu tarihi unutmadı) Victor, ona bir uzun yol seferine katılacağını bildirdi. İki gün sonra, gece vakti, Honfleur yolcu gemisiyle, kısa süre sonra Le Havre'dan yola çıkacak yelkenlisine gidecek, belki de iki yıl dönmeyecekti.

Böylesi bir eksikliğin düşüncesi Félicité'yi çok üzdü; ona bir kez daha veda edebilmek için, çarşamba akşamı madamın yemeğinden sonra galoşlarını ayağına geçirdi ve Pont-l'Évêque'den Honfleur'e giden dört fersahlık yolu bir solukta yürüdü.

Haçlı Tepe'nin önüne geldiğinde, sola sapacağına sağa döndü, çekeklerde kayboldu, geri döndü, yanaştığı insanlar acele etmesini söylediler. Palamarlara takıla takıla gemilerle dolu havuzun çevresini dolaştı. Sonra zemin alçaldı, ışıklar kesişti ve gökte atlar görünce delirdiğini sandı.

Başka bazı atlar da rıhtımın kıyısında, denizden korkmuş kişniyorlardı. Bir palanga onları havaya kaldırıyor ve bir gemiye indiriyordu; gemide elma şarabı fıçıları, peynir sepetleri, tohum torbaları arasında yolcular itişip kakışıyor, tavukların gıdakladığı duyuluyor ve bir miço, bütün bunlarla ilgilenmeden, griva babasına[1] dirseklerini dayamış duruyordu. Onu tanımamıştı Félicité ve, "Victor!" diye bağırıyordu. Oğlan başını kaldırdı. Félicité tam ileri atılacakken ansızın iskele alındı.

Kadınların şarkı söyleyerek el salladığı yolcu gemisi limandan çıktı. Omurgaları gacırdıyor, kocaman dalgalar pruvasını kamçılıyordu. Yelken dönmüştü. Hiçbir şey görünmez oldu daha sonra; gemi, ayın gümüş gibi parlattığı denizde gitgide solan kara bir lekeye dönüştü, sonunda gömüldü, gözden kayboldu.

Haçlı Tepe'nin yanından geçerken, Félicité en sevdiği varlığı Tanrı'ya emanet etmek istedi ve gözlerinden sicim gibi yaşlar akarak ayakta, gözleri bulutlarda, uzun uzun dua etti. Kent uykudaydı; gümrükçüler ortalıkta dolaşıyor, alavere havuzunun deliklerinden bir sel gürültüsüyle ve hiç durmaksızın sular akıyordu.

Saat ikiyi çaldı. Görüşme odası sabah olmadan açılmayacaktı. Gecikirse madamı kızdıracağı kesindi; bu yüzden öbür çocuğa sarılma isteğini bastırıp geri döndü. Pont-l'Évêque'e girdiğinde hanın kızları yeni uyanıyorlardı.

Demek aylarca dalgalar üstünde sallanacaktı yumurcak. Önceki yolculukları onu korkutmamıştı. İngiltere ya da Bretonya'dan dönülürdü. Ama Amerika, Koloniler, Antiller, hepsi de dünyanın öbür ucunda, belirsiz bir yerde kaybolmuş ülkelerdi onun için.

Bundan sonra Félicité yalnızca yeğenini düşündü. Güneşli günlerde susuz kalmasından, fırtına çıktığında yıldırım çarpmasından korkuyordu. Kışın, bacada homurdanıp arduvaz kiremitleri uçuran rüzgârı dinlerken

1. Çapanın gemiye çekilip bağlanmasında kullanılan ve teknenin iki yanından taşan ahşap parçalar. (Ç.N.)

kırık bir direğin tepesinde, bedeni arkaya eğilmiş ve köpükler içinde, aynı fırtınayla boğuştuğunu görür gibi oluyor; ya da (resimli coğrafya kitabının anılarıydı bunlar) vahşilere yem oluyor, bir ormanda maymunların eline düşüyor, ıssız bir kumsalda can çekişiyordu. Ve hiçbir zaman bu korkularından söz etmiyordu Félicité.

Bayan Aubain'inse, kızıyla ilgili başka korkuları vardı.

Rahibeler, onun sevgi dolu ama biraz kırılgan olduğunu söylüyorlardı. En küçük bir heyecan bile sinirlerini etkiliyordu. Piyanoyu bırakmak zorunda kaldılar.

Annesi mektuplarının düzenli olarak gönderilmesini manastırdan ısrarla istemişti. Postacının henüz gelmediği bir sabah sabırsızlandı; salonda, koltuğundan pencereye gidip gelmeye başladı. Gerçekten olağanüstü bir durumdu bu! Dört gündür haber yoktu kızından!

Kendini örnek verip onu avutmak istedi Félicité:

"Ben madam, altı ay oldu haber almayalı!.."

"Kimden haber almadınız?.."

Hizmetçi yavaşça yanıtladı:

"Yeğenimden... elbette!"

"Yeğeninizden demek!.." ve omuz silkerek yürümeyi sürdürdü Bayan Aubain. Söylemek istediği şuydu besbelli: "Unutmuştum! Üstelik umurumda bile değil! Bir miço, bir baldırı çıplak... Şu işe bak!.. Oysa benim kızım... Düşünün bir!"

Katı koşullarda yetişmiş olmasına karşın madama kızdı Félicité, sonra da unuttu.

Çocuk yüzünden insanın aklını kaçırması çok doğal geliyordu ona. İki çocuk da aynı derecede önemliydi. Yüreğinde bir bağ, onları birleştiriyordu; yazgıları da benzer olacaktı.

Eczacı, Victor'un gemisinin Havana'ya ulaştığını söyledi ona; haberi bir gazetede okumuştu.

Puroları yüzünden, insanların tütün içmekten başka bir şey yapmadığı bir ülke gibi düşlüyordu Havana'yı; ve Victor, bir duman bulutu içinde, zenciler arasında yürüyordu. "Zorunluluk durumunda" karayoluyla dönülebilir miydi oradan? Pont-l'Évêque'e ne kadar uzaklıktaydı? Öğrenmek için Bay Bourais'ye sordu.

O da atlasına uzandı ve boylamlar üstüne açıklamalara başladı; Félicité'nin şaşkınlığı karşısında bir de bilgiç bilgiç gülümsedi. Sonunda kurşunkalemiyle, yumurta biçimi bir lekenin girinti çıkıntılarında zor seçilen kara bir noktayı gösterdi ve, "İşte!" dedi. Félicité haritaya eğildi; bu renkli çizgiler ağı gözlerini yoruyor ama gördüklerinden hiçbir şey anlamıyordu. Bourais neye takıldığını sorduğunda, Victor'un oturduğu evi göstermesini rica etti. Bourais kollarını kaldırdı, hapşırdı, kahkahalarla güldü; bu denli büyük bir saflık onu eğlendiriyor, Félicité'yse bunun nedenini anlamıyordu; aslında yeğeninin portresini bile görmeyi ummuş olabilirdi orada; zekâsı o denli sınırlıydı!

Bundan on beş gün sonra Liébard, her zamanki gibi pazarın kurulma saatinde mutfağa girdi ve eniştesinden bir mektup getirdi ona. İkisi de okuma bilmediğinden, hanımefendiye başvurdular.

Bir örgünün ilmeklerini sayan Bayan Aubain işini yanına bıraktı, mektubu açtı, irkildi; alçak sesle ve gözlerinde derin bir bakışla:

"Bir felaket haberi bu..." dedi. "Yeğeniniz..."

Ölmüştü. Başka bir şey söylenmiyordu mektupta.

Félicité bir sandalyeye yığıldı, kafasını duvara yasladı, gözlerini kapadı; ansızın pespembe kesilmişti gözkapakları. Sonra başını eğdi, elleri sarkmış, gözleri bir noktaya dikili: "Zavallı küçüğüm benim! Zavallı küçüğüm!" diye yineledi durdu.

Liébard içini çekerek ona bakıyor, Bayan Aubain hafifçe titriyordu.

Trouville'e gidip kız kardeşini görmesini önerdi.

Félicité bir el işaretiyle buna gerek duymadığı yanıtını verdi.

Bir sessizlik oldu. Liébard, çekilme zamanının geldiğini düşündü.

"Onların umurunda bile olmaz!" dedi Félicité.

Başı yeniden önüne düştü; kurulmuş makine gibi, durup durup iş masasındaki uzun tığları kaldırıyordu.

Avludan ıslak çamaşır yüklü, suları damlayan bir tezkereyle kadınlar geçti.

Pencereden onları görünce aklına çamaşırları geldi; akşamdan basmıştı, bugün çitilemek gerekiyordu; ve salondan çıktı.

Çamaşır tahtasıyla fıçısı Toucques kıyısındaydı. Su kenarına bir gömlek yığını attı, kollarını sıvadı, tokacını eline aldı. Güçlü vuruşları, yandaki bahçelerden duyuluyordu. Çayırlar ıssızdı, rüzgâr ırmağı dalgalandırıyor, dipte uzun otlar, yüzen cesetlerin saçları gibi eğilip bükülüyordu. Félicité içine gömüyordu acısını ve akşama dek çok sağlam göründü. Ama odasına adım atar atmaz, şiltesine yüzüstü kapandı, yüzünü yastığa gömdü, iki yumruğu şakaklarında, kendini koyverdi.

Çok çok sonra, Victor'un kaptanının ağzından, oğlanın nasıl öldüğünü öğrendi: Sarıhummaya yakalandığında hastanede çok fazla kanını almışlardı. Dört doktor birden tutuyormuş çocuğu. Hemen ölmüş ve başhekim, "İyi! Biri daha gitti!" demiş.

Akrabaları hep kaba davranmışlardı Félicité'ye. Onları bir daha görmek istemedi. Onlar da herhangi bir adım atmadılar; ya onu unuttukları için ya da sefillere özgü o yürek katılaşması yüzünden.

Virginie gittikçe zayıf düşüyordu.

Göğüs sıkışmaları, öksürük, sürekli bir ateş ve elmacıkkemiklerinde mermer damarlarını andıran lekeler, derin bir rahatsızlığı açığa vuruyorlardı. Mösyö Poupart, bir süre Provence'da kalmasını önermişti. Bayan Aubain, kızı oraya götürmeye karar verdi ve Pont-l'Évêque'in kötü havası olmasa onu hemen eve alacaktı.

Araba kiralayan biriyle bir anlaşma yaptı; adam her salı onu manastıra götürdü. Bahçede Seine Nehri'ne bakan bir taraça vardı. Virginie o taraçada, annesinin kolunda asma yapraklarının üstünde yürüyordu. Uzaktaki yelkenlilere ve Tancarville Şatosu'ndan Le Havre'ın fenerlerine dek uzanan ufka bakarken bulutlardan sıyrılan güneş zaman zaman gözlerini kırpıştırmasına neden oluyordu. Sonra gidip çardağın altında dinleniyorlardı. Annesi küçük bir fıçıda, en iyisinden Malaga şarabı getiriyor, kız da sarhoş olma düşüncesine gülerek en fazla bir iki yudum içiyordu bu şaraptan.

Yeniden güçlendi. Güz, yavaş yavaş geçti. Félicité, Bayan Aubain'in içini rahatlatmaya çalışıyordu. Ama alışverişe çıktığı bir akşam, kapının önünde Bay Poupart'ın körüklü arabasıyla karşılaştı. Adam girişteydi, Bayan Aubain de şapkasını bağlıyordu. "Hemen ayak ısıtıcımı, para kesemi, eldivenlerimi verin! Haydi, çabuk olun!"

Virginie'nin ciğerleri kan toplamıştı; belki de umutsuzdu durum.

"Daha değil!" dedi doktor; ikisi birden, uçuşan kar taneleri altında arabaya bindiler. Gece olmak üzereydi. Hava çok soğuktu.

Félicité bir mum yakmak için kiliseye daldı. Sonra da arabanın arkasından koşmaya başladı; bir saat sonra onu yakaladı, hafifçe arkasına atıverdi kendini. Burma süslere tutunmuş gidiyordu ki, aklına bir şey geldi: "Avluyu kapatmamıştı! Ya hırsız girerse?" Ve arabadan indi.

Ertesi sabah şafakla, doktorun kapısına dikildi. Ama adam dönmüş ve yeniden, kırda bir yerlere gitmişti. Sonra gidip handa oturdu; yabancı birilerinin mektup getirmesini umuyordu. En sonunda, gün ağarırken Lisieux'ye giden yolcu arabasına bindi.

Manastır, dar ve dik bir sokağın ucundaydı. Yokuşun ortasına doğru tuhaf sesler duydu: Ölüm çanı çalıyorlardı sanki. "Başkaları içindir," diye düşündü ve kapının tokmağını sertçe çekti.

Birkaç dakika sonra, sürünen terlik sesleri duyuldu, kapı aralandı ve bir rahibe göründü.

Biraz eğreti bir ağırbaşlılıkla kızın "göçtüğünü" söyledi rahibe. Bu arada Aziz-Leonard Kilisesi'nin çan sesleri gitgide güçleniyordu.

Félicité ikinci kata çıktı.

Odanın eşiğine geldiğinde sırtüstü yatan Virginie'yi gördü; elleri bitişik, ağzı açık, ona doğru eğilmiş kapkara bir haçın altında başı arkaya kaykık yatıyordu; çevresinde yüzünden daha az soluk, kıpırtısız perdeler asılıydı. Bayan Aubain kollarıyla sarıldığı yatağın ayakucunda can çekişir gibi hıçkırıyordu. Başrahibe sağda ayakta duruyordu. Komodinin üstünde üç şamdan, üç kırmızı leke oluşturuyor ve pencereler, sis yüzünden bembeyaz görünüyordu. Birkaç rahibe Bayan Aubain'i götürdüler.

İki gece boyunca ölünün başından ayrılmadı Félicité. Aynı duaları yineliyor, örtülere kutsanmış su serpiyor, sonra yeniden oturup onu seyrediyordu.

Birinci gecenin sonunda yüzün sarardığını, dudakların morardığını, burnun büzüldüğünü, gözlerin çukura kaçtığını fark etti. Birkaç kez öptü onları ve o anda Virginie gözlerini açsaydı çok şaşırmazdı: Böylesi ruhlar için doğaüstü son derece basittir. Kızı temizledi, kefenine sardı, tabutuna koydu, başına bir taç yerleştirdi, saçlarını yaydı. Sarıydı bu saçlar ve kızın yaşına göre olağanüstü uzunluktaydı. Félicité onlardan koskoca bir tutam kesti ve bir daha yanından ayırmama kararıyla yarısını mintanının göğsüne yerleştirdi.

Bayan Aubain'in dileğine uyularak ölü Pont-l'Évêque'e getirildi; kadın kapalı bir arabada, cenazenin peşinden gidiyordu.

Ayinden sonra mezarlığa ulaşmak üç çeyrek saatlerini daha aldı. Paul önde yürüyor, hıçkıra hıçkıra ağlıyordu. Bay Bourais onun arkasındaydı; ardından kentin önde gelen kişileri, siyah pelerinlere bürünmüş kadınlar geliyordu; en arkadan da Félicité. Yeğenini düşünüyor, ona böyle bir tören düzenleyemediği için, sanki ötekiyle birlikte o da gömülüyormuşçasına bir kat daha üzülüyordu.

Bayan Aubain'in acısı sınırsızdı.

Önce Tanrı'ya isyan etti: Kızını almakla, kimseye kötülük etmemiş, vicdanı bu denli temiz bir kızı almakla haksızlık etmişti! Ama hayır! Onu Güney'e götürmeliydi. Belki başka doktorlar kurtarabilirlerdi! Kendini suçluyor, kızının yanına gitmek istiyor, düşlerinde acı çığlıklar atıyordu! Bu düşlerden biri, özellikle yakasını bırakmıyordu. Kocası, bir gemici kılığında, uzun bir yolculuktan geliyor ve ağlayarak, Virginie'yi götürmek için emir aldığını söylüyordu. Bunun üzerine saklanmış olabileceği yeri bulmak için baş başa veriyorlardı.

Bir seferinde, bahçeden allak bullak döndü içeriye. Az önce (eliyle olay yerini gösteriyordu) baba ve kız, birbiri ardından ona görünmüşlerdi; hiçbir şey yapmıyor, yalnızca bakıyorlardı.

Birkaç ay, ölü gibi odasından çıkmadı. Félicité tatlı tatlı öğütler veriyordu ona. Oğlu için kendine bakmalıydı; hem de öteki için, onun anısına...

"O mu?" diyordu Bayan Aubain, uykudan uyanır gibi: "Ah, evet!.. Evet!.. Siz onu unutmuyorsunuz!" Bir anıştırmaydı bu: Kendisine kesinlikle yasaklanan mezarlığı kastediyordu.

Félicité oraya her gün gidiyordu.

Saat tam dörtte, evlerin kenarından geçiyor, yamacı

tırmanıyor, mezarlığın kapısını açıyor ve Virginie'nin mezarı önüne geliyordu. Pembe mermerden yapılmış küçük bir sütundan oluşuyordu mezar; altında bir taş levha, dört yanında da küçük bir bahçeciği çevreleyen zincirler vardı. Bahçeciğin tarhları, çiçekten bir örtü altında kayboluyordu. Félicité yaprakları suluyor, kumları değiştiriyor, toprağı daha iyi işleyebilmek için dizlerinin üstüne çöküyordu. Sonunda mezarlığa gelebildiğinde, gördükleri Bayan Aubain'in içini rahatlattı, bir tür avuntu verdi.

Sonra yıllar geçti; hepsi birbirinin aynı, Paskalya, Meryem'in Göğe Yükselişi, Tüm Ermişler Yortusu gibi büyük bayramların dönüp dönüp gelişi dışında önemli bir olaya sahne olmayan yıllar. Evde olup biten bazı şeylere tarih düşülüyor ve sonradan onlara gönderme yapılıyordu. Örneğin 1825'te iki camcı, giriş bölümünü badana ettiler; 1827'de çatıdan bir parça avluya düştü ve az daha birini öldürüyordu. 1828 yazında, kutsal ekmeği sunma sırası madama geldi; Bourais o sıralar gizemli bir biçimde ortadan kaybolmuştu. Bu arada eski tanıdıklar da yavaş yavaş çekip gittiler: Guyot, Liébard, Madam Lechaptois, Robelin, uzun zamandır inmeli Gremanville Dayı.

Bir gece, posta arabasının sürücüsü Pont-l'Évêque'e Temmuz Devrimi'nin haberini ulaştırdı. Birkaç gün sonra da ilçeye yeni bir kaymakam atandı: Amerika'dan gelen eski konsolos Baron de Larsonnière'di bu ve karısı dışında, baldızı ve onun yetişkin üç kızıyla yaşıyordu. Bahçelerinde önlüklerini giymiş otururken görebiliyordunuz onları; bir zenci uşakları, bir de papağanları vardı. Bayan Aubain'i ziyarete geldiler; o da karşılık vermekten geri kalmadı: Ne zaman uzaktan görünseler, hanımına haber vermek için koşuyordu Félicité. Ama Bayan Aubain'i tek bir şey heyecanlandırabiliyordu artık: oğlunun mektupları.

Kahvelerden başını alamadığı için iş güç sahibi olamamıştı Paul. Borçlarını annesi ödüyor, o da yeniden borçlanıyor ve pencere kenarında örgü ören Bayan Aubain'in iç çekmeleri, mutfakta çıkrığını çeviren Félicité'ye dek geliyordu. Duvar dibindeki meyve ağaçları boyunca birlikte yürüyor ve her zaman Virginie'den söz ediyorlardı: Falanca şey, hoşuna gider miydi? Falanca durumda, ne derdi acaba?

Kızın bütün eşyası, iki yataklı odadaki küçük dolapta duruyordu ve Bayan Aubain olabildiğince az ilgileniyordu onlarla. Bir yaz günü olabileceklere boyun eğdi ve açılan dolaptan kelebekler uçuştu dışarıya.

Kızın giysileri bir rafın altına sıralanmıştı; rafta da üç bebek, çemberler, oyuncak ev eşyası ve kullandığı küvet duruyordu. İç etekleri, çorapları, mendilleri çıkardılar, iki yatağın üstüne yaydılar, sonra da yeniden katladılar. Güneş bu zavallı nesneleri aydınlatıyor, lekelerini, beden hareketleriyle oluşmuş kırışıkları ortaya çıkarıyordu. Hava sıcak ve maviydi. Bir ardıçkuşunun cıvıltısı duyuluyordu uzaktan; her şey derin bir dinginlik içinde yaşıyor gibiydi. Sonra, uzun kahverengi tüylü kumaştan küçük bir şapka buldular. Ama her yanını güve yemişti. Félicité onu kendine istedi. İki kadının gözleri buluştu, yaşla doldu; sonunda hanımefendi kollarını açtı, hizmetçi bu kollara atıldı ve birbirlerine sarıldılar; onları eşit kılan bir öpücükle acılarından avundular.

Yaşamlarında ilk kez oluyordu bu; Bayan Aubain duygularını dışa vuran biri değildi çünkü. Félicité, bir iyilik görmüşçesine gönül borcu duydu ve bundan sonra, neredeyse hayvansal bir bağlılıkla, dinsel bir saygıyla bağrına bastı onu.

Yüreğindeki iyilik zamanla arttı.

Sokaktan geçen bir alayın trampetlerini duyduğunda, bir elma şarabı testisiyle çıkar, askerlere içecek dağıtırdı. Koleralı hastalara bakardı. Polonyalıları[1] korurdu; aralarından biri onunla evlenmek istediğini bile söylemişti. Ama araları çabuk bozuldu: Bir sabah, duadan döndüğünde onu mutfağında buldu çünkü; adam içeri girmiş, sirke salçalı bir yemek yapmış, sakin sakin atıştırıyordu.

Polonyalıların ardından sıra Colmiche Baba'ya geldi; 93'te korkunç şeyler yaptığı söylenen yaşlı bir adamdı bu. Irmağın kıyısında, bir domuz ahırının yıkıntılarında yaşıyordu. Sokak çocukları duvarın yarıklarından onu gözlüyor, attıkları taşlar, aksıra tıksıra yattığı sefil yatağa düşüyordu; saçları çok uzun, gözkapakları her zaman kıpkırmızıydı ve kolunda, kafasından büyük bir ur vardı. Félicité ona çamaşır götürdü, barınağını temizlemeye çalıştı ve madamı rahatsız etmeden fırının yanında bir köşeye yerleştirme hayalleri kurdu. Kanser patladığında, her gün pansuman yaptı koluna; arada sırada ona peksimet götürüyor, dışarı çıkartıp güneşe, samanlar üstüne yerleştiriyor, zavallı yaşlı adam da ağzından salyaları akıp titreyerek, ölgün sesiyle teşekkür ediyor, onu yitirmekten korkuyor, uzaklaştığını görür görmez ellerini uzatıyordu. Öldü; Félicité de ruhunun huzura kavuşması için kilisede bir ayin yaptırdı.

O gün, ona büyük mutluluk veren bir şey oldu: Akşam yemeğinde Madam de Larsonnière'in zenci uşağı, elinde papağanla kapıda belirdi; kuş kafeste, tüneği, zinciri, kilidi de yanındaydı. Baronesin bir mektubu, Bayan Aubain'e, kocası bir yerin valiliğine yükseltildiği için o akşam yola çıkacaklarını bildiriyor ve hem bir anı hem de saygılarının bir belirtisi olarak bu kuşu kabul etmesini rica ediyordu.

Çoktandır Félicité'nin kafasını kurcalıyordu bu kuş;

1. 1830'dan başlayarak, Fransa'ya birçok Polonyalı sürgün gelmiştir. (Ç.N.)

çünkü Amerika'dan geliyordu ve bu sözcük ona Victor'u anımsatıyordu. Bu yüzden zenciye sorular sormuş, bir seferinde: "Bizim madamın olsa, çok sevinirdi!" bile demişti.

Zenci, bunu efendisine iletmiş, o da yanında götüremeyeceği kuştan böylece kurtulmayı düşünmüş olmalıydı.

IV

Adı Loulou'ydu; gövdesi yeşil, kanatlarının ucu pembe, alnı mavi, göğsü altın sarısıydı.

Ama dayanılmaz huyları vardı: Tüneğini ısırıyor, tüylerini yoluyor, pisliklerini ortalığa yayıyor, suyunu her yana sıçratıyordu. Bayan Aubain'in canını sıkıyordu bunlar ve onu temelli Félicité'ye verdi.

O da kuşu eğitmeye girişti; kısa süre sonra: "Sevimli çocuk! Uşaklar! Bayım! Selam sana Meryem!" sözcüklerini yinelemeye başlamıştı. Her zaman kapının yanında, basamakların köşesinde duruyordu; "Jacquot!" denince neden bakmadığına şaşanlar oldu; bütün papağanların adı Jacquot değil miydi? Onu kuş beyinlilerle ya da aptallarla karşılaştırıyorlardı! Félicité'nin yüreğine birer hançer gibi saplanıyordu bunlar! Loulou da tuhaf bir inatla, ona bakıldığı an konuşmayı kesiyordu!

Yine de arkadaş arıyordu anlaşılan; pazar günleri, şu Matmazel Rochefeuille'ler, Mösyö de Houppeville, sonra da yeni tanıdıklar: Eczacı Onfroy, Bay Varin ya da Yüzbaşı Mathieu kâğıt partileri çevirirken kanatlarıyla camlara vuruyor ve öylesine öfkeyle çırpınıyordu ki, kimse kimseyi duymaz oluyordu.

Bourais'nin suratı ona çok tuhaf geliyordu besbelli. Onu görür görmez gülmeye, üstelik kahkahalarla gülmeye başlıyordu. Sesi avluda çın çın ötüyor, yankılanıyor, komşular camlara çıkıyor ve onlar da gülmeye başlıyorlardı; Bay Bourais de papağana görünmemek için duvar dibinden yürüyor, şapkasıyla yüzünü gizliyor, ırmağa kadar ilerliyor, sonra da bahçe kapısından giriyordu içeri; kuşa pek sevgiyle baktığı da söylenemezdi.

Kafasını sepetine daldırınca kasap çırağından sıkı bir fiske yemişti Loulou; o gün bugündür de gömleğinin içinden onu gagalamaya çalışıyordu. Fabu, kuşun boğazını sıkıvereceğini söyleyerek gözdağı veriyordu ama kollarının dövmelerine ve kocaman favorilerine karşın acımasız bir çocuk değildi. Tersine, papağandan hoşlanıyordu ve eğlence olsun diye, ona küfürler öğretmeye dek götürmüştü işi. Bu tavırlardan ürken Félicité, kuşu mutfağa aldı. Zinciri çıkartıldı ve evde dolaşmaya başladı.

Merdivenden inerken gagasının eğrisini basamaklara yaslıyor ve önce sağ, sonra da sol ayağını kaldırıyordu; böylesi bir jimnastiğin başını döndürmesinden korkuyordu Félicité. Hastalandı, yemeden içmeden ve konuşmadan kesildi. Dilinin altında bir katılık oluşmuştu, tıpkı zaman zaman tavuklarda olduğu gibi; Félicité bu ince tabakayı tırnağıyla kopartarak onu iyileştirdi. Günün birinde Bay Paul, burnuna purosunun dumanını üfleme düşüncesizliğini gösterdi. Başka bir sefer de Bayan Lormeau, onu şemsiyesinin ucuyla kızdırırken şemsiyenin bileziğini yuttu. En sonunda da kayboldu.

Serinlesin diye kuşu otların üstüne koymuştu Félicité; bir dakikalığına uzaklaşmış, geri geldiğinde de papağan sırra kadem basmıştı! Önce çalılarda aradı, ardından su kıyısına baktı: "Dikkat edin! Delirdiniz mi!" diye bağıran efendisini dinlemeden çatılara çıktı. Daha sonra, Pont-l'Évêque'in bütün bahçelerini bir bir aradı; yoldan geçenleri durdurup, "Papağanımı göreniniz oldu mu? Bir yerlerde rastlamışsınızdır belki!" diye sordu. Papağanı tanımayanlara, betimliyordu onu. Ansızın değirmenlerin arkasında, yamacın dibinde, uçuşan yeşil bir şey görür gibi oldu. Ama yamacın tepesine vardığında, hiçbir şey yoktu ortalıkta! Bir gezgin çerçi, onu az önce Saint-Melaine'de, Simon Ana'nın dükkânında gördüğünü söyledi. Félicité oraya koştu. Ne dediğini bile anlamadılar. Sonunda bitkin, pabuçları lime lime, istemeye istemeye eve döndü; ve madamın yanına, sıranın ortasına oturmuş tüm çabalarını anlatıyordu ki, birden hafif bir ağırlık kondu omzunun üstüne. Loulou! Ne cehennemdeydi şimdiye dek? Belki de yalnızca gezmeye çıkmıştı çevrede!

Kendine gelmesi kolay olmadı; ya da belki bu olayın etkisinden hiçbir zaman kurtulamadı.

Bir üşütme sonucunda anjine yakalandı; az zaman sonra da kulakları rahatsızlandı. Üç yıl sonra bütünüyle sağır olmuştu ve kilisede bile bağıra bağıra konuşuyordu. Gerçi günahları piskoposluğun dört bir yanından duyulabilir ve bu, ne onu utandırır ne de kimseyi rahatsız ederdi ama, papaz yine de ayin eşyasının durduğu oda dışında günah çıkartmamasının daha uygun olacağına karar verdi.

Hayal ürünü uğultular, rahatsızlığına tuz biber ekti. Hanımı sık sık: "Tanrım! Ne kadar aptalsınız!" diyor, o da "Evet madam!" yanıtını verip çevresinde bir şeyler aramaya başlıyordu.

Düşüncelerinin küçük çemberi daha da daraldı; çan sesleri, öküzlerin böğürtüleri yoktu artık. Bütün varlıklar bir hayalet sessizliği içinde deviniyorlardı. Artık tek bir gürültü ulaşıyordu kulağına: papağanın sesi.

Papağan da, sanki onu oyalamak ister gibi, ocaktaki şiş çeviren düzeneğin tıkırtısını, balık satıcısının keskin çağrısını, karşıdaki marangozun testere sesini taklit ediyor, kapı çaldığında da Bayan Aubain gibi bağırıyordu: "Félicité! Kapı! Kapı!.."

Konuşmalar geçiyordu aralarında: Kuş, bıktırana dek dağarcığındaki üç tümceyi yineliyor, Félicité de onlardan daha tutarlı olmayan ama yüreğindekileri açığa vuran sözcüklerle yanıt veriyordu. İçine itildiği yalnızlıkta onun için neredeyse bir oğul, bir sevgili olmuştu Loulou. Parmaklarına tırmanıyor, dudaklarını gagalıyor, başlığına tünüyor ve başını sütanneler gibi sallayıp öne eğdiğinde, başlığın geniş kanatlarıyla kuşun kanatları birlikte titreşiyorlardı.

Havada bulutlar birikip gök gürlediğinde çığlıklar atıyordu papağan, belki de doğduğu ormanların sağanaklarını anımsıyordu. Oluklardan taşıp akan yağmur suyu onu iyice çileden çıkartıyor, bir oraya bir buraya uçuyor, tavana tırmanıyor, her şeyi deviriyor ve pencereden çıkıp bahçedeki su birikintilerinde kanatlarını çırpıştırıyordu. Ama sonra çabucak geri dönüyor ve ocak ızgaralarından birine konup kanatlarını kurutmak için olduğu yerde sıçrayıp dururken bir kuyruğunu, bir gagasını gösteriyordu.

O korkunç 1837 kışı, bir sabah, soğuk yüzünden ocağın önüne yerleştirdiği kafesinde papağanı ölü buldu Félicité; tepetaklak düşmüş ve tırnakları tellere geçmişti. Bir iç kanama yüzünden ölmüş olmalıydı. Félicité kuşun maydanozla zehirlendiğine inandı ve ortada hiçbir kanıt olmamasına karşın Fabu'den kuşkulandı.

O kadar çok ağladı ki, sonunda hanımı:

"Tamam! Haydi doldurtun onu!" dedi.

O da gidip papağana her zaman iyi davranan eczacıya danıştı.

Eczacı Le Havre'a yazdı. Fellacher adında biri, işi üstlendi. Ama yolcu arabası zaman zaman paketleri kaybettiği için Félicité kuşu Honfleur'e dek kendi götürmeye karar verdi.

Yol boyunca yapraksız elma ağaçları birbirini izliyordu. Hendekler buzla kaplıydı. Çiftliklerin çevresinde köpekler havlıyor, elleri kısa mantosunun içinde, ayaklarında küçük kara tahta pabuçları, kolunda sepeti, yol ortasında hızlı adımlarla yürüyordu.

Ormanı aştı, Ulu Meşe'yi geçti, Saint-Gatien'e geldi.

Arkasından toz duman içinde, yokuş aşağı daha da hızlanmış, dörtnala bir posta arabası, fırtına gibi yaklaşıyordu. Bu yana çekilme zahmetine katlanmayan kadını gören arabacı, körüğünün üstünden ayağa kalktı; öndeki sürücü de bağırıyor ama dizginleyemediği dört at gitgide hızlanıyorlardı. İlk iki at kadına değecekken dizginlerin sert bir hareketiyle onları yolun kıyısındaki toprak şeride çıkardı; yanından geçerken de öfkeyle kolunu havaya kaldırdı ve kocaman kamçısıyla karnından ensesine öyle bir vurdu ki, Félicité sırtüstü yere devrildi.

Kendine geldiğinde ilk yaptığı şey sepetini açmak oldu. Neyse ki Loulou'nun bir şeyi yoktu. Sağ yanağında bir acı duydu. Yanağına dokundurduğu elleri kıpkırmızı oldu. Kan akıyordu.

Azıcık çakıllık bir yer bulup oturdu, mendilini yüzüne bastırdı, sonra da önlem olarak sepetine koyduğu bir kabuk ekmeği yedi. Kuşa bakarak yarasını unutuyordu.

Ecquemauville'in tepesine geldiğinde, Honfleur'ün, gecenin içinde bir avuç yıldız gibi kırpışan ışıklarını gördü; daha ötede, belli belirsiz bir leke gibi deniz uzanıyordu. İşte o zaman eli ayağı kesildi ve durdu; çocukluğunun sefaleti, ilk aşkın düş kırıklığı, yeğeninin gidişi, Virginie'nin ölümü, bir gelgitin dalgaları gibi art arda gelip boğazında düğümlendiler.

Daha sonra kaptanla konuşmak istedi ve ne yolladığını söylemeden ona tembihler etti.

Fellacher papağanı uzun süre tuttu. Hep gelecek haftaya söz veriyordu; altı ayın sonunda bir kasanın yola çıktığını haber verdi ve bir daha ses çıkmadı. Görünüşe bakılırsa Loulou hiçbir zaman geri gelmeyecekti. "Çaldılar herhalde!" diye düşünüyordu Félicité.

Ama sonunda geldi; üstelik gözkamaştırıcı bir görünümle! Maun bir kaideye vidalanmış bir ağaç dalı üstünde dimdik duruyor, bir ayağı havada, başı yana yatık, onu dolduran ustanın görkem merakıyla altın yaldıza boyadığı bir cevizi ısırıyordu.

Onu alıp odasına kilitledi.

Çok az insanın girmesine izin verdiği bu yerde öylesine çok dinsel nesne ve birbirine benzemez ıvır zıvır vardı ki, insan kilisede mi, pazaryerinde mi şaşırabilirdi.

Büyük bir dolap, kapının açılmasını zorlaştırıyordu. Bahçeye bakan pencerenin tam karşısında yuvarlak bir tepe penceresi, avluya bakıyordu. Bez kolanlı döşeğin yanı başındaki masanın üstünde bir su testisi, iki tarak, çizik çizik bir tabağın içinde bir kalıp mavi sabun vardı. Duvarlarda tespihler, madalyalar, birkaç Meryem Ana betimi, hindistancevizinden okunmuş bir su kabı görülüyordu; sunak gibi üstüne bir örtü atılmış komodinin üstünde Victor'un ona verdiği deniz kabuklarından yapılma kutu, bir bahçe sulama kovası, bir top, yazı defterleri, şu resimli coğrafya kitabı ve bir çift potin duruyordu; aynanın çivisine de kurdelalarıyla küçük tüylü şapka asılmıştı. Félicité bu saygı biçimini öylesine ileri götürüyordu ki, mösyönün redingotlarından birini bile saklamıştı. Bayan Aubain'in artık istemediği bütün eski püsküleri odasına alıyordu. Komodininin köşesindeki yapma çiçeklerle, Artois kontunun tepe penceresinin girintisinde duran portresi, böyle gelmişti.

Loulou, küçük bir levha aracılığıyla, dairenin içindeki bir baca çıkıntısına yerleştirildi. Her sabah uyandığında, şafağın ilk ışıklarında onu görüyor, sonra gözünün önüne yitip gitmiş günler geliyor ve kimi önemsiz olayları, en ince ayrıntılarına dek anımsıyordu; üstelik hiç acı duymadan ve büyük bir dinginlik içinde.

Kimseyle iletişim kuramadığı için, tam bir uyurgezer uyuşukluğu içinde yaşıyordu. Şaraplı Ekmek Yortusu'nun tören alayları onu canlandırıyor, sokakta kurulan sunağı süslemek için komşulara gidip şamdanlar, paspaslar arıyordu.

Kilisede gözleri hep Kutsal Ruh'taydı ve yavaş yavaş papağana benzer bir yanı olduğunu fark etti. Bu benzerlik, İsa Mesih'in vaftizini betimleyen Épinal[1] baskısı bir resimde ona daha da açık geldi. Kızıl kanatları ve zümrüt yeşili gövdesiyle tıpatıp Loulou'nun portresiydi bu.

Resmi satın aldı ve Artois kontunun yerine astı; böylece bir bakışta ikisini birden görebiliyordu. Kafasında bu iki imge birleşti; papağan Kutsal Ruh'la ilişkisi sayesinde kutsallaştı, Kutsal Ruh da gözünde daha canlı ve anlaşılır hale geldi. Tanrı Baba, sesini duyurmak için bir güvercini değil –çünkü bu hayvanların sesi çıkmazdı– Loulou'nun bir atasını seçmiş olabilirdi ancak. Félicité resme bakarak dua ediyor, ama zaman zaman da kuştan yana dönüyordu.

Meryem Ana'nın bakireleri arasına katılma hevesine kapıldı. Bayan Aubain onu vazgeçirdi.

Önemli bir olay meydana geldi: Paul'ün evlenmesi.

Önce noter kâtipliği yapmış, sonra bir süre alım satım işlerinde, gümrüklerde ve Maliye'de çalışmış, daha sonra Sular ve Ormanlar İdaresi'ne girmek için girişimlerde bile bulunmuştu Paul; ama ansızın, otuz altı yaşında, neredeyse tanrısal bir esinle yolunu bulmuştu: Sicil İdaresi'nde çalışacaktı ve bu alanda öyle üstün bir yetenek sergilemişti ki, denetçilerden biri hem onu kızıyla evlendirmek istemiş hem de koruyucusu olma sözü vermişti.

1. Fransa'da tahtabaskı resim üretimiyle ünlü bir kent. (Ç.N.)

Ciddileşen Paul, kızı annesine götürdü.

Ama kız Pont-l'Évêque alışkanlıklarını küçümsedi, ortalıkta bir prenses edasıyla dolaştı, Félicité'yi incitti ve geri gittiğinde Bayan Aubain epeyce hafiflemiş hissetti kendini.

Ertesi hafta Bay Bourais'nin, Aşağı Bretonya'da bir handa öldüğü öğrenildi. İntihar ettiği söylentisi doğrulandı. Dürüstlüğü konusunda kuşkular uyandı. Bayan Aubain hesaplarını gözden geçirdi ve bir sürü karanlık nokta bulmakta gecikmedi: zimmete geçirilmiş alacaklar, gizlenmiş ağaç satımları, sahte alındılar, vb. Dahası, evlilik dışı bir çocuğu ve "Dozulé'den bir kadınla ilişkisi" vardı. Bu utanç verici şeyler Bayan Aubain'i çok üzdü. 1853 Mart ayında, göğsüne bir sancı girdi, dili sanki isle kaplandı; sülükler sıkıntısını gidermedi ve dokuzuncu akşam, tam yetmiş iki yaşındayken öldü.

Solgun, çiçekbozuğu yüzünü çevreleyen, iki yana ayrılmış kahverengi saçları yüzünden daha genç olduğu sanılıyordu. Ölümüne bir-iki dostu üzüldü yalnızca; tepeden davranışları, insanları uzaklaştırmıştı.

Félicité, arkasından bir efendi için dökülmeyecek gözyaşlarıyla ağladı. Madamın kendinden önce ölmüş olması kafasını karıştırıyor, doğanın düzenine ters, kabul edilmesi olanaksız, korkunç bir şey gibi görünüyordu.

On gün sonra (Besançon'dan koşup gelme süresiydi bu) mirasçılar sökün ettiler. Gelin çekmeceleri karıştırdı, kimi mobilyaları ayırdı, kimilerini sattı, sonra da karıkoca sicil işlerine geri döndüler.

Madamın koltuğu, tek ayaklı yuvarlak masası, tandırı ve sekiz sandalye gitmişti. Gravürlerin yerlerinde, duvarların ortasında sarı sarı dörtgenler görülüyordu. Şilteleriyle birlikte iki yatağı da götürmüşlerdi ve dolapta Virginie'nin onca eşyasından tek iz kalmamıştı! Félicité merdivenleri üzüntüden sarhoş çıktı.

Ertesi sabah kapının üstünde bir ilan vardı; eczacı, evin satışa çıktığını kulağına bağırdı.

Sendeledi ve oturmak zorunda kaldı

Onu asıl üzen, zavallı Loulou için onca uygun odasını terk etmek zorunda olmasıydı! Kaygılı bakışlarıyla onu okşarken Kutsal Ruh'a yakarıyordu ve zamanla, dualarını papağanın önünde diz çöküp okumak gibi bir putatapar alışkanlığı edindi. Zaman zaman tepe penceresinden giren güneş kuşun camdan gözüne vuruyor ve Félicité'yi kendinden geçiren bir ışık demeti fışkırıyordu bu gözden.

Efendisinin bıraktığı 380 franklık bir geliri vardı. Bahçede sebze yetiştiriyordu. Giyeceğe gelince; ömrünün sonun dek yetecek giysisi vardı ve hava karardığında yatarak aydınlanmaya para harcamıyordu.

Eski mobilyalardan birkaçının sergilendiği eskici dükkânını görmemek için hiç dışarı çıkmıyordu. Geçirdiği baş dönmesinden beri, bir ayağını sürüyordu; elden ayaktan düşmeye başlamıştı ve bakkal dükkânını batıran Simone Ana her sabah gelip odunlarını yarıyor, tulumbayla suyunu çekiyordu.

Gözleri zayıfladı. Kepenkler açılmaz oldu. Aradan çok yıllar geçti. Ev ne kiralanıyor ne de satılıyordu.

Kovulma korkusuyla hiçbir onarım isteğinde bulunmadı Félicité. Çatı tahtaları çürüyordu; baş yastığı tüm bir kış boyu ıslak kaldı. Paskalya'dan sonra ağzından kan geldi.

O zaman Simone Ana bir doktora başvurdu. Félicité neyi olduğunu bilmek istedi. Ama küp gibi sağırdı artık ve tek sözcük duyabildi: "Zatürree!"

Bu sözcüğü biliyordu: "Öyle mi! Madam gibi!" dedi yavaşça; efendisinin peşinden gitmek sanki ona doğal geliyordu.

Sunaklar kurma zamanı yaklaşıyordu.

Birincisi hep yamacın altında, ikincisi postanenin

önünde, üçüncüsü sokağın ortasına doğru bir yerde olurdu. Bu sonuncuyla ilgili çekişmeler olmuş, kilise adamları sonunda Bayan Aubain'in avlusunu seçmişlerdi.

Sıkıntıları artıyor, ateşi yükseliyordu. Sunak için bir şey yapamamaktan korkuyordu Félicité. En azından bir şey koyabilseydi! O zaman papağanı düşündü. Komşular, uygun düşmez diye karşı çıktılar. Ama papaz izin verdi; Félicité de öylesine mutlu oldu ki, öldüğünde, tek zenginliği olan Loulou'yu kabul etmesini ondan rica etti.

Salı gününden, yortu arifesi cumartesiye kadar sık sık öksürdü. Akşam olduğunda yüzü büzülmüş, dudakları dişetlerine yapışmıştı; kusmaya başladı. Ertesi sabah, erken saatte kendini çok bitkin hissetti ve bir papaz çağırttı.

Son kutsama sırasında yanında üç yaşlı kadın vardı. Daha sonra Fabu'yle konuşmak istediğini söyledi.

Pazar giysileri içinde gelen Fabu, bu iç karartıcı ortamda hiç de rahat görünmüyordu.

"Beni bağışlayın," dedi Félicité, kolunu zorla kaldırarak; "onu sizin öldürdüğünüzü sanmıştım!"

Bu saçmalık da ne oluyordu? Onun gibi bir adamın, birini öldürmüş olmasından nasıl kuşkulanılabilirdi! Öfkeleniyordu! Bağırıp çağırmak üzereydi. "Kusura bakmayın, aklı yerinde değil artık, görüyorsunuz!"

Zaman zaman gölgelerle konuşuyordu Félicité. Yaşlı kadınlar gittiler. Simone Kadın yemeğe oturdu.

Biraz sonra Loulou'yu aldı, Félicité'ye getirdi: "Haydi! Vedalaşın onunla!"

Bir ceset olmamasına karşın bedenini kurtlar kemiriyordu; kanatlarından biri kırılmıştı. Karnından üstüpüler çıkmıştı. Ama artık gözleri görmeyen Félicité, onu alnından öptü, sarılıp yanağına yasladı. Simone Kadın kuşu alıp yeniden sunağa koydu.

V

Otlardan yaz kokuları geliyordu. Sinekler vızıldıyor, güneş ırmağı parıldatıyor, arduvazları ıstıyordu. Odasına dönen Simone Ana, tatlı bir uykuya dalmıştı.

Çan sesleriyle uyandı. İnsanlar akşam duasından çıkıyorlardı. Félicité'nin sayıklaması durdu; tören alayını düşünüyor, sanki o da alayı izliyormuş gibi gözünün önüne getiriyordu.

Bütün okul çocukları, kilise şarkıcıları, itfaiyeciler kaldırımlarda yürüyorlardı; sokağın ortasında da, en başta baltalı mızrağıyla kilise kavası, arkasında elinde büyük bir haçla kayyum, çocukları düzende tutmaya çalışan öğretmen ve küçük kızları için kaygılanan rahibe geliyordu. En sevimlilerinden, melekler gibi kıvırcık saçlı üç küçük kız, havaya gül yaprakları savuruyordu; papaz çömezi, kollarını açmış müziği yönetiyor, buhurluk taşıyan iki kişi de, dört *fabricien*'in[1] taşıdığı gelincik kırmızısı kadife bir gölgelik altında yürüyen, güzel ayin kaftanını giymiş papazın elindeki kutsal ekmek kabına[2] dönüyorlardı adım başı. Onların arkasından da büyük bir kalabalık, evlerin duvar-

1. Kilise yönetim kurulu üyeleri. (Ç.N.)

2. Altın ya da gümüşten, güneş biçimi ışınları olan bir kap. (Ç.N.)

larını saran beyaz örtüler arasından itiş kakış yürüyor ve böylece yamacın altına dek geliniyordu.

Soğuk bir ter boşanıyordu Félicité'nin yanaklarından. Simone Kadın bir bezle teri siliyor ve günün birinde bütün bunların kendi başına da geleceğini düşünüyordu.

Kalabalığın uğultusu çoğaldı, bir ara çok güçlendi, sonra uzaklaştı.

Bir yaylım ateşi camları titretti. Postacılar kutsal kabı selamlıyorlardı. Félicité gözlerini devirdi ve olabildiğince alçak sesle, "Bir şeyi yoktur, umarım!" dedi; papağan için kaygılanıyordu.

Can çekişmeye başladı. Gitgide sıklaşan bir hırıltı göğsünü sıkıştırıyordu. Ağzının kenarından köpükler saçılıyor, bedeni titriyordu. Az sonra bakır boruların homurtusu, çocukların ince sesleri, erkeklerin derin uğultusu duyuldu. Hepsi ara ara susuyorlardı ve çimenlerin hafiflettiği ayak sesleri, çayırda yürüyen bir sürünün çıkartacağı seslere benziyordu.

Din adamları avluda göründüler. Simone Kadın, tepe penceresine ulaşmak için bir iskemleye çıktı; böylece sunağı tepeden görebiliyordu. İngiliz işlemesi büzgülü bir fırfırla süslenmiş sunağın çevresinden yeşil bezek kordonları sarkıyordu. Ortasında kutsal kalıntılar içeren küçük bir çerçeve, köşelerde iki portakal dalı vardı; ve boydan boya gümüş şamdanlarla, içinden günebakanlar, zambaklar, şakayıklar, yüksükotları ve ortanca demetleri fışkıran porselen vazolarla kaplıydı: Bu parlak renkler yığını, birinci kattan halıya dek yanlamasına iniyor, döşeme taşları üstünde sürüp gidiyor ve arada yer yer, değerli şeyler göze çarpıyordu. Parlak kırmızı bir şekerliğin tepesine menekşelerden bir taç geçirilmişti; Alençon taşından salkım küpeler, köpükler üstünde parıldıyor, Çin işi iki levha, manzaralarını sergiliyorlardı. Güller arasına saklanmış Loulou'nun laciverttaşından bir plakaya benzeyen alnı görünüyordu yalnızca.

Fabricien'ler, şarkıcılar ve çocuklar avlunun üç yanına dizildiler. Papaz ağır adımlarla basamakları çıktı ve pırıl pırıl parlayan kocaman altın güneşini dantellerin üstüne yerleştirdi. Herkes diz çöktü. Büyük bir sessizlik oldu. Havada uçuşan buhurluklar, zincirleri üstünde kayıyorlardı.

Gök mavisi bir buğu Félicité'nin odasına dek yükseldi. Burun deliklerini uzatıp sofuca bir kösnüyle içine çekti onu; sonra gözlerini kapadı. Dudakları gülümsüyordu. Yürek vuruşları yavaşladı; bir bir, her seferinde daha belirsiz, daha hafif – tıpkı suyu kesilen bir pınar, yitip giden bir yankı gibi. Ve son nefesini verdiğinde, açılan göklerde başının üstünde süzülen dev bir papağan görür gibi oldu.

KISA KLASİKLER

EVLİLİK / Jane Austen / Çev. Berrak Göçer
ALTINCI KOĞUŞ / Anton Çehov / Çev. Mehmet Özgül
ÖYLESİNE BİR HİKÂYE / Anton Çehov / Çev. Nihal Yalaza Taluy
LAPA LAPA KELEBEK YAĞIYORDU / Charles Darwin / Çev. Emrah Serdan
İŞARET MEMURU / Charles Dickens / Çev. Selçuk Işık
UYSAL KIZ / Fyodor Dostoyevski / Çev. Mehmet Yılmaz
TATLI GELİR YAŞAMAYANA SAVAŞ / Desiderius Ersamus / Çev. Şebnem Sunar
SAF BİR YÜREK / Gustave Flaubert / Çev. Samih Rifat
BURUN / Nikolay Gogol / Çev. Mehmet Yılmaz
NEVA BULVARI / Nikolay Gogol / Çev. Mehmet Yılmaz
PALTO / Nikolay Gogol / Çev. Ayşe Hacıhasanoğlu
ALTIN ÇANAK / E.T.A. Hoffmann / Çev. Bilge Uğurlar / Türkis Noyan
USTANIN DERSİ / Henry James / Çev. Can Ömer Kalaycı
TEMBELLİK HAKKI / Paul Lafargue / Çev. Ebru Erbaş
KIZIL VEBA / Jack London / Çev. Şirin Etik
DAPHNİS İLE KHLOE'NİN AŞKI / Longos / Çev. Zeynep Avcı
NYARLATHOTEP / H.P. Lovecraft / Çev. Betül Kadıoğlu
KÂTİP BARTLEBY / Herman Melville / Çev. Kaya Genç
DÜŞÜNCE VE TARTIŞMA ÖZGÜRLÜĞÜ ÜZERİNE / John Stuart Mill / Çev. Cem Akaş
KRİTON YA DA GÖREV ÜSTÜNE / Platon / Çev. Samih Rifat
MORG SOKAĞI CİNAYETLERİ / Edgar Allan Poe / Çev. Nazire Ersöz
KISKANÇLIK / Marcel Proust / Çev. Ebru Erbaş
SİYASAL GÖVDE / Jean-Jacques Rousseau / Çev. Tülin Ural
IHLAMURLAR ALTINDA / Friedrich Schiller / Çev. Bilge Uğurlar - Türkis Noyan
MUTLU OLMA SANATI / Arthur Schopenhauer / Çev. Şebnem Sunar
YÜRÜMEK / Henry David Thoreau / Çev. Selçuk Işık
ÇOĞUNLUĞUN ZORBALIĞI / Alexis de Tocqueville / Çev. İnci Malak Uysal
DEMOKRATİK ZORBALIK / Alexis de Tocqueville / Çev. Ebru Erbaş
İNSAN NEYLE YAŞAR / Lev Tolstoy / Çev. Çağlar Danacı
POLİKUŞKA / Lev Tolstoy / Çev. Mehmet Özgül
KLARA MİLİÇ / İvan Turgenyev / Çev. Çağlar Danacı
HADLEYBURG'Ü YOZLAŞTIRAN ADAM / Mark Twain / Çev. Berrak Göçer
YALNIZ SIKICI İNSANLAR KAHVALTIDA PARILDAR / Oscar Wilde / Çev. Özlem Alkan K
SAVAŞ SANATI / Sun Zi / Çev. Erdem Kurtuldu
NASIL ÖLÜNÜR / Emile Zola / Çev. Aysel Bora